五行歌集

# だいすき

鬼ゆり

Oniyuri

JN243543

そらまめ文庫

# まえがき

古希から何か始めたいと思っていた所、ひよどり（朝岡和子）さんが、「五行歌してみない」と声を掛けて下さり、ぐんま五行歌会第一回から参加させて頂きました。第二回は、高崎公園で花見歌会でした。五行歌の会主宰草壁焰太先生、副主宰三好叙子さん、沢山の諸先輩の方達と初めての出逢いに感動致しました。

それから私は感動の毎日を日記に記すが如く書きました。

五行歌に出逢って半年、まだ右も左も分からない私に彦龍（当時蛇夢《じゃむ》）さんから、五行歌誌の作品特集のお話を頂きました。「まだまだ未熟な私ですので」と申しましたら、「今度いつ番が回って来るか分かりませんから」との事で「では是非是非」とお願い致し特集「繋がっている」を掲載して頂きました。

孫も五行歌に関心を持ち、書いてみたいと言い、孫に押された所もあります。そして、毎月本誌が届くのが待ち遠しくなりました。

この楽しさを、友人達、ご近所の人達に見学して頂き大勢の仲間作りをして、五行歌の輪が広がって居ります。

特集では家族の繋りを発表しましたが、やはり大切な家族の一人一人がだいすきですので「だいすき」と題しました。

五行歌に出逢って二年半、まだまだ未熟な専行形の私です。

草壁焰太先生始め三好叙子さん、彦龍さん、スタッフの皆様方、そして一番近くにいるひよどりさん、沢山のお力を頂きありがとうございました。

これからも心の中を宝（五行歌）でいっぱいにして行きたいと思って居ります。

平成三十年八月十七日

鬼ゆり

# 目次

まえがき 2
夫 7
父 19
母 29
父母 47

祖父母 57
娘 63
家族 81
自分 87
孫たちの五行歌 98
孫 99
跋 草壁焰太 124

夫

三回も断っての
見合結婚
縁があったのか
無かったのか
たった8年の縁

星が綺麗だぞ
と庭にいた夫
おんぶしてと甘え
広い背中に
新婚時代の話

夫は私を
どう見ていたのだろう
妻としてか
友としてか
ちゃん付けで呼ばれた

昔、昔、
あなたと
来ましたね
今は娘と孫に
誘われて

夫が39才で倒れた
私の目の前で倒れた
ジャジャジャジャジャーン
と運命が
私の体を過《よぎ》った

酒、呑みてーな
仏壇から
亡夫の声
浴びる程
呑んだでしょ！

仏壇の中の
亡夫の写真
娘達より
ずっと若いのに
父親の顔してる

孫と娘と婿と
ゲームに夢中
何やら亡夫の声
仏壇から孫へ
ガ・ン・バ・レと陰の声

あなた
娘達は
もう何も彼も
私を
越しました

夫逝き
薄紙を剝がす
が如《ごと》くだと言われ
365日×36年
今日も剝がした

# 父

潔《いさぎよ》い父が
教えてくれた
正しいものは正しく
美しいものは美しく
と

父曰《いわ》く
村一番の
べっぴんさん
妻にしたくて
仲人通い

父が大切と記《しる》した
古い封筒から
二月十五日
玉の様な女児誕生
私の事を記《しる》す文字

小さな時
大男に
見えた父
いつからか
小さな背に

元総理大臣と
棟方志功の
交流文と写真
熱い熱い友情
その中に父の姿も

昔、父が
ダイヤだぞと指輪を
店で騙されたのか
私を騙したのか
只のガラス玉だった

新聞の生活面
あっと息を呑んだ
父の名前が
只、同姓同名
だけの事だった

父は戦争の話
たった一度しか
話さなかった
辛かったから
一度だけの語《かた》り

# 母

母というものは
いつの時代《とき》にも
母への感謝
父がいるにも
母への感謝

母は常に
父に対して
「ハイ」と言う
私の様に
反発しない母

見て惨《みじ》め
着て綺麗と
似合っていない事を
母は常々
言っていた

母の
背中の
温もりを
まだ
覚えています

母の桐のタンス
触ると
側にいる様
温もりを手に
又、頑張れる

もう着ないからと
着物を手離す
作ってくれた
母の顔が浮かぶ
〃仕方ないね〃と

母の手縫いの
雑布
最後の一枚
と思ったら
使えない

母から
全部聞いた
つもりだったが
聞き足りない事ばかり
今となっては・・・

母の乳に
吸い付いた
記憶がある
孫がそうしてる
からかも知れない

孫を見て
私もこの頃は
生意気
言っていたのかな
母にゴメン

母が目を瞑《つむ》る
「眠いの」と私
「眠くないよ」と母
先の準備
だったのかな

母は逝ったが
置時計は
カチカチカチと
まだ
繋がっている

四年前
この道を
母と散歩
もっと話《はなし》して
おけば良かった

一歩一歩杖を突く
母と想い出の
散歩道
古希が過ぎても
母が恋しい

稲かりが済み
次は籾殻焼き
母の里のにほひ
小さかった私に
出逢った様な

満開の桜を愛で
逝った母に
もっともっと
言っておけば良かった
ありがとうを

# 父母

何百人何千人
の出逢い
今ある私は
父と母
のお陰

父も母も
精一杯生きた
私も
精一杯生きよう
きっといい事あるから

父の星
母の星
今夜は
薄れて
淋しさ増す

まだまだ
父と母が
守ってくれている
どこにいても
守ってくれている

久しぶりに
屋号で呼ばれ
父母《ちちはは》の思いの
大きな屋号に
育てられたのだ

母に叱られている
その私を
父が庇《かば》っている
「あっ夢か」
心が折れた

仲が良かった
父と母
私も
そうで
ありたかった

仏壇の中の
父母夫の
写真
みんな
いい顔してる

# 祖父母

祖母と母と私で
紡いだ着物
友が受けてくれた
繫げてくれて
ありがとう

祖母の桐のタンス
一世紀が過ぎ
母の桐のタンス
一世紀に近づいてる
磨いて私が使う

祖父は椿が好き
知らずして
私も椿が好き
祖父の血
嬉しく流れてる

今日も守ってと
神棚の神様に
柏手《かしわで》
仏壇の先祖に
チンと鉦《かね》の音

# 娘

ひしゃげた顔した
娘の写真
こんな時もあった
今は立派な
母の顔

かたたたきけん
おてつだいけん
黄ばんだ手書きの
母の日のプレゼント
幼かった娘から

あなたの娘で
良かったと母に
娘も
あなたの娘で
良かったと私に

父親の背中
知らない娘が
同じ様な思考
私が教えた
訳ではないのに

大丈夫だよ
生まれた時から
道は
開けているよ
娘よ、大丈夫

同じ血を分けた子等
右へ向う子
左へ行く子
何が違うか
同じではなかった

宥《なだ》めたり
賺《すか》したり
の子育てだった
娘も同じような
子育てしてる

子供の前では母の顔
夫の前では妻の顔
妹の前では姉の顔
私の前ではいくつに
なっても私の子供

あっもうこんな時間
昔は夫の帰りを
今は娘の帰りを
待つ日暮れ
首を長くして

明後日《あさって》まで
赤鬼でもなく
青鬼でもなく
鬼千匹が居ません
あー命の洗濯

大人になりたかったんだね
飛び立ちたかったんだね
スーッと翼を
大きく広げ
今、私の元から

風呂と食事を
済ませ帰る二女
必ず、今着いた
ご馳走様でした
とライン

育て方
間違いなかった
と言える
信じている私の
二人の娘

娘達に
話しておきたい事
沢山あるが
まだ早いと
言うだろうか

行き当たり
ばったりの私
娘達は
石橋を叩き渡る
〝おみごと〟

何だかんだと
言う娘達
私の事
心配しているんだ
母の日のプレゼント

# 家族

セピア色の
写真の中
父母兄私
私がひとり
後はみんなお星様

父の笑い声
母のやさしい声
兄の細い声
みんな大好きな声
しかしもう聞こえない

58年前の
兄のオルゴール
音色は兄そのもの
凛《りり》しい顔　やさしい声
まだ19才のまま

古い家族から
新しい家族へ
目に見えないが
引き継がれ
繋がっている

# 自分

小舟に
二人の雛を乗せ
漕ぎ続けた
流されても漕いだ
漸《ようや》く辿り着きそうな

まだ出来る
まだやれる
と私の自信
無理しないで
と娘から小言

親を越した
と錯覚するが
しかし
いつの時代でも
親は越せず

人並みの体験より
人並み外れた体験は
何より強い
母の私は
強くなった

母が孫に
「又、おいで
　待ってるよ」
今、私が
その言葉

祖母の手も
母の手も
こんなシワで
あったかと
自分の手に重ねる

親は少しでも
子の為に
と
子は余分な事を
と

婿殿へ
強い娘を
育てた私
弱くなりました
これからもよろしく

咳ひとつも
長生きした
母に似て
まだ、24年も
楽しめる

ままごとの様な
幸せが欲しかった
現実は・・・
いえいいえ
今はとっても幸せ

# 孫たちの五行歌

おばあちゃん
ママを生んでくれて
ありがとう
私はだれを
生むのかな

陽麻莉《ひまり》

あーちゃん
おばあちゃんの
まごに
生まれて
よかった

朝《あさ》葵《き》

# 孫

この間生まれ
この間歩きだし
この間保育園に入った
この間　この間に
成長した孫

孫の
脳内宇宙に
何がある
飛び出る言葉の
面白さ

おままごとの
中の私が
赤ちゃんになった
孫の世界の
扉を開ける

孫が帰った
部屋の片隅に
大きなフーセン
小さなイス
可愛いクッション

さよならなんて
言わないよ
と言いながら
バイバ〜イ
と言って帰る

おばあちゃん
だいすき　だいすき
と言って
帰って行った
孫5才

5才の孫に
〝ごきげんよう〟を
教えた。今日も
〝ごきげんよう〟
〝ごきげんよう〟

孫が
「ひとりいないね」
婿が
「天国の
おじいちゃんだよ」

10年前
小さな命
神より授かる
今は立派な
五行歌人

孫姉妹と
娘姉妹の
時として
錯覚に陥《おちい》る
40年もたったのに

墓を買った
墓石に
「だいすき」
がいいと孫
「だいすき」と刻んだ

娘達に
何でも平等よ
孫達も
何でも平等よ
とママが言うの

ママを生んでくれて
ありがとう
と
孫から
言葉のプレゼント

えらいえらいと
孫に褒め言葉
すごいすごいと
孫から褒め言葉
私はすごいのか

ママお料理上手ね
と私
おばあちゃんの育て方が
良かったんだよ
と孫

孫二人が
「私のママよ」と
娘の前と後に
しがみつく
「私の娘よ」と私

孫から
パーティーの誘い
16時から
チキンとお寿し
お願いしますと

背に夕日
顔は涼風
周りは稲穂の海
足元で鳴くすず虫
孫との散歩

孫娘を抱き寝
太陽にも
劣らずの
エネルギーが
私の心と体に

帯解を
無事に
迎えられた
娘二人と孫二人の
着た晴れ着

クリスマス近づき
孫姉妹のケンカ
サンタさんが見ているよ
のひと言で
仲直り

松の内の
慌《あわ》ただしさも
孫との時間
ゆっくりと
楽しむ

娘の仕草が
しっかりと
孫に
DNAで
繋がっている

良く聞いています
良く見ています
大人の姿を
小さな天使の
あどけなさ

# 跋

草壁焰太

鬼ゆりさんは明るい方で、それも会うたびに別の明るさを感じさせるような人である。鬼ゆりという筆名とはちがって、会うたびに違った黄色い花を掲げているような人だと思った。

その明るさは性格的なものではないか、と、数年彼女の歌を見てきて思うようになった。その鬼ゆりさんが歌集を出したいといわれ、二年とちょっとならすこし早いかなと思ったが、その決断はうれしかった。それもこの人の明るさであろう。

歌集として読んでみて、初めて彼女の人生を見たような気がした。

三回も断っての
見合結婚
縁があったのか
無かったのか
たった8年の縁

墓を買った
墓石に
「だいすき」
がいいと孫
「だいすき」と刻んだ

あなたの娘で
良かったと母に
娘も
あなたの娘で
良かったと私に

孫二人が
「私のママよ」と
娘の前と後に
しがみつく
「私の娘よ」と私

夫編で、結婚八年でご主人を亡くされ、二人の娘を育ててきた人と知る。この歌集には書かれていないが、彼女は働きながら子育てもしたのであろう。持ち前の明るさで、その苦労話は「母の私は／強くなった」という一首に込められているようである。ほとんどが、家族に対する自分の気持ちを伝える歌である。

その気持ちのすべてが、「だいすき」なのだ。みごとな生き方だと思った。うたびとにもいろいろな役割がある。うたびとは、それぞれの役割を果たす。鬼ゆりさんの役割はまわりの人を愛し、人の心を明るくする役割であろう。

夫、父、母、祖父母、娘、家族、孫編と、彼女は自分のまわりの家族たちに、「灯り」をともすように歌を書く。人がだいすきで、人も彼女をだいすきなのである。

五行歌のおかげでこういう人を知ったことがうれしい。

鬼ゆりさん、いつまでも、まわりに灯をともし、「だいすき」を伝えて行ってほしい。

鬼《おに》ゆり（新井ゆり子）
1946年2月15日生（群馬県高崎市）
2016年3月13日より五行歌の会会員
2017年7月より上毛《かみつけ》五行歌会会員
現住所　群馬県高崎市菊地町256-7

そらまめ文庫　お1-1

# だいすき

2018年11月23日　初版第1刷発行

著　者　　鬼《おに》ゆり
発行人　　三好清明
発行所　　株式会社 市井社
〒162-0843
東京都新宿区市谷田町3-19 川辺ビル1F
電話　03-3267-7601
http://5gyohka.com/shiseisha/

印刷所　　創栄図書印刷 株式会社
装　丁　　しづく

©Oniyuri 2018 Printed in Japan
ISBN978-4-88208-159-3

落丁本、乱丁本はお取り替えします。
定価はカバーに表示しています。

そらまめ文庫

こ 1-1
雅 ―Miyabi―
高原《こうげん》郁子《かぐわし》五行歌集
800円

こ 1-2
紬 ―Tsumugi―
高原《こうげん》郁子《かぐわし》五行歌集
800円

こ 2-1
幼き君へ〜お母さんより
小原さなえ五行歌集
800円

さ 1-1
五行歌って面白い
五行歌入門書
鮫島龍三郎 著
800円

み 1-1
一ヶ月反抗期
14歳の五行歌集
水源《みなもと》カエデ五行歌集
800円

※定価はすべて本体価格です